블랙 커피

블랙커피

발　행 | 2020년 7월 1일
저　자 | 김기덕
펴낸이 | 한건희
펴낸곳 | 주식회사 부크크
출판사등록 | 2014.07.15.(제2014-16호)
주　소 | 서울특별시 금천구 가산디지털1로 119 SK트윈타워
A동 305호
전　화 | 1670-8316
이메일 | info@bookk.co.kr

ISBN | 979-11-372-1086-8

www.bookk.co.kr

black coffee
블 랙 커 피

평지

나는 높은 자리에 올라가 본 적이 없어.
그저 낮은 자리에서 묵묵히 살아갈 뿐이야.
하찮다 손가락질해도 괜찮은데
제발 부탁이야, 나만큼만 하고 살아.

그것이 알고 싶다

많은 사람이 우주를 창조한 하느님에 대해서 궁금해 한다. 하지만 우주를 만드는 그런 사소한 일에 초월했던 누군가에 대해서는 관심이 없다,

화장실 청소

학창 시절에 지각하거나 무슨 잘못을 저지르면 화장실 청소를 했다.

나는 오늘 도대체 무슨 잘못을 저질렀기에 샤워하다 말고 변기를 닦고 있나.

현관문

나와 함께
손을 잡고
하루의 문을 여는 이가
너였으면 좋겠어

손목시계

그대 손목이라도 잡고
매달려본들
이제 와 무슨 소용이 있을까
이것이 나의 운명인걸

헬멧

뛰는 놈 위에 나는 놈 있다더니
내가 아무리 머리 써봐야
머리 쓰는 것이 일인
너에게 무슨 수로 당하겠느냐

애교

「 나 많이 먹어서 돼지 되면 어떡해? 」

「 걱정하지 마, 오빠가 잡아먹으면 돼. 」

「 그럼 나 아프잖아. 」

「 처음도 아니면서 엄살은. 」

합방

우리가 아직 순수했을 때
처음으로 들어간 여관방 침대에서
젖을 감춘 브래지어를 벗기다 떨어진
열아홉 여자의 부끄러움이여

날라리

몇 놈의 사내를 울렸을까
침 좀 뱉어보고 면도날 좀 씹어보고
깻잎머리에 날라리였던 계집애
어쩌랴 그래도 내 여잔데

Y

네가 꽃피는 것을
너무 많이 보았다
아무것도 아닌 것처럼
세상이 같잖은 것처럼

이유

남녀가 헤어지지 못하는 건
몇몇 이유가 있겠지만
보통은 정이 들어서이고
사실은 다른 대안이 없어서

이유 2

그럼에도 남녀가 헤어지는 건
몇몇 이유가 있겠지만
보통은 지겨워서이고
사실은 다른 오빠가 생겨서

이태리타월

때가 왔다
나가라
하나도 남기지 말고
싹 밀어버려라

천천히

상처가 어느 정도 아물면 딱지가 생긴다.
이따금 생각나 건드려보면 아프다. 그러다가 알게 모르
게 나에게서 떠나간다. 천천히.

나에게서 떠나간 그대 다음으로 천천히.
아주 천천히.

인생역전

남편은 다 잡은 물고기엔 떡밥을 주지 않는다.
아내는 다 늙은 남편에겐 관심을 주지 않는다.

여자는 항상 옳아

중년의 남녀가 싸우는데
여자가 담벼락에 배수진을 치고 고래고래
대게 이런 경우 여자가 90% 옳다
나머지 10%는 고래가 옳다

헐!

「 우리 결혼하자. 」

「 결혼해도 지금처럼 날 아끼고 사랑해줄 거야? 」

「 물론이지, 손잡이도 자주 만지면 반짝거리듯이 더욱
빛나게 해줄 거야. 」

그건 손잡이가 헐은 건데.

목이 짧아 슬픈 짐승이여

나 이런 거나 빨려고 결혼한 거 아냐!
그럼, 내가 빨아?

기왕지사

바다에 나간 지아비를 기다리다 바위가 되었다는 전설
이 있다.
집 나간 마누라를 미워할 게 아니라 바위가 되는 법을
배우고, 차라리 전설이 되어라.

산

사람들에게 얼마나 시달렸으면

하나같이 다 세상을 등지고 있을까

원래부터

남자가 양다리를 걸치면 쉽게 들통나는 것은
두 개였던 것이 하나밖에 없기 때문이고
여자가 양다리를 걸치고도 들키지 않는 것은
원래부터 없던 것이 없기 때문

원래부터 2

여자가 야단법석 떠들어대면 그러려니 하는 것은
원래부터 터진 입이 하나 더 있기 때문이고
남자가 저 모양이면 남자답지 못하다고 하는 것은
원래부터 없던 것이 있는 척하기 때문

마음먹기 나름

사랑의 국어사전 정의는 '어떤 사람이나 존재를 몹시 아끼고 귀중히 여기는 마음, 또는 그런 일.'이라 풀이하고 있습니다.

여러분, 세상에 이루어질 수 없는 사랑은 없습니다. 사랑은 마음먹기에 달려있으니까요.

비행기

저 하늘에 유유자적 날아가는 놈은 몸집이 너무 작아서
날갯짓을 하지 않아도 떨어지는 일은 없어.
어쩌다가 떨어지기도 하지만, 아주 큰 놈이거든.

자연은 인간의 스승

자연을 보라. 옷을 벗을 때는 일 년을 마무리하는 겨울
이다. 자신을 초월하려는 오래된 명상이다.

인간을 보라. 정작 옷을 벗을 때는 이불속이다. 타인을
추월하려는 오래된 버릇이다.

오해 소지

원인 모를 화재로 여의도 면적의 두 배에 달하는 숲이
사라졌다.
태양은 오해받기 싫어 밤에는 숨어 있다가 날이 밝아오
자 비를 뿌리기 시작했다.

열다섯 소녀

꽃나무 가지에 바람이 일고
열다섯 소녀의 가랑이에 꽃이 필 무렵
열여덟 남자의 청춘은
비틀비틀 떨어지는 꽃잎이어라

무죄

야한 비디오만 봐도
기절초풍하는 계집애가
밤이 되어 사랑을 나눌 때는
제발 한번 기절시켜 달라고 졸라

봄소풍

김밥 싸고 달걀 삶고

사이다는 딱 한 병

소풍가는 길

꽃잎에 빨대 꽂은 햇살이 눈 부셔라

낙엽

잊히는 게 슬퍼
목메 우느냐
인제 그만 놓아야 사나니
봄날 오면 미칠 듯이 찾아오지 않겠느냐

과민성 대장증상

아침에 눈을 떠도 재미없는 세상
똥이나 한 바가지 싸야지
오후엔 무슨 좋은 일 없으려나
똥이나 싸면서 놀아야지

손톱깎이

기다릴 것도 아닌데
기다려야 할 것 같아
기다리다
좀 더 기다리기로

그리움

뱃속에 거지가 들었나봐

네가 넣었냐?

뒤돌아서면 배고픈 이 사랑을

키스

입만 대면
외근

입만 열면
내근

잘못

내게로 정확히 오는 것이라서

어쩔 수 없는 불가항력

자랑하려고

막바지 4월의 땅을 지나가다가
꽉꽉 사람들이 모여
꽝꽝 사진 찍는 꽃길에
이보다 더 예쁜 꽃을 데리고 갔다

브래지어 사이즈

허풍떨지 말고 있는 그대로만
잔머리 굴리지 말고
군더더기 다 걷어 내고 깔끔하게
가슴에 있는 진실만을

팬티

하려면

확실하게 하고

안 할 거면

더 좋아

본능적으로

그래도 사람인데

가슴으로 말하면 알아듣지 않을까

사람의 본능인데

가슴을 알아보지 못할 리가 없잖아

뜬구름 잡는 소리

하늘이 파랗다
하느님 멱살이라도 잡고 따져야지
뜬금없이
하늘은 왜 때렸느냐고

마지막 연기

너의 모습이 너무 슬퍼보여서
이별하기에 약간 슬퍼지는 나

블랙커피

너는, 쓰다
그런 너를
나는, 쓰다

개소리

여자는 꼬리치기로 끼니는 해결하지만, 진정으로 남자의
마음까지는 사지 못한다.
개는 일찍이 꼬리치는 기술로 사람의 마음까지도 살 수
있다는 걸 깨닫고, 괜한 오해를 살까 봐 언어를 버렸다.

때가 될 때까지

세상에 진짜 어려운 일 중 하나가 등에 묻은 가려움을
떼어내지 못하는 것이다.
그러나 그 가려움도 때가 되면 떨어져 나간다.
때가 될 때까지 기다려라.

뻔뻔함

빨래건조대가 빨래할 수는 없다.
빨래건조대가 게으른 것이 아니다.
안 하려고 작정한 것이다.

두루마리 휴지

어차피 볼 거 못 볼 거 다 본 사인데
좀 아껴주면 안 되겠니?
한 장 콜?

사람이 닭을 키운다고?

대한민국이 가난하던 시절.

새벽에 닭이 울면 농부들은 그 소리를 시계 삼아 하루 일을 시작했다.

닭이 사람을 키웠다는 결정적 정황이다.

모텔

누가 누가 잘하나

종이비행기

비행기가 구름 뒤로 사라졌다
누가 비행기를 데리고 갔을까
종이일까
잘 접었네

봄

봄바람 나는
너를 볼 때면
봄은 왜 자꾸 오는지
걱정이 돼

첫날밤

네가 중학교 때
검은 때를 밀면 하얀 살이 나온다던
그때부터 나는
이때를 기다렸나 보다

기사회생

비실비실한 게 속상해 다른 집에 보냈더니
새잎 나고 꽃피고 건강하게 자란다는 소식이다
야속한 것들
딴살림 차리니 그렇게도 좋냐

꽃망울

이번 봄에 벌어진 일은
터지고 나서야 벌린 고육지책

몸매

죽이는 건
네가 아주 죽여주지

누명

그녀는
과연
벗을까
말까

소낙비

엄마
나 가다가
맞을 거 같은데
어떻해

간장게장

우리나라 역사 이래
남의 밥줄 끊어놓는
너 같은 도둑새끼는
일찍이 없었을 거다

파티

나는 봄에 태어났다

축하메시지보다

소고기미역국보다

사방천지가 주는 꽃들이 더 좋다

후레쉬

눈에
불을 켜고 덤벼드니
더는
숨길 수가 없다

단속카메라

당신이 어떻게 살아왔는지는 중요하지 않아

내게 필요한 건

지금 당신의 모습이야

바로 지금

포기

낚싯줄에 낚인 고기는 자연사를 포기하고
고기에 낚인 낚시꾼은 가정사를 포기하고

뱃살

제발 조르지 마라

조른다고 될 게 아니다

국물

쫄지 마라
그랬다간
한번 떠보지도 못하고
끝이다

전기스토브

넌 꽂으면 바로 달아오르는구나
내 마누라는 그냥 꽂았다가는 죽는데

업데이트

15년간의 백수 생활을 청산하고 국회의원에 당선된 친구에게 백수 동기가 위로의 말을 건넨다.

「 너도 이제 잘하는 게 없구나. 」

그러자 친구가 배꼽을 잡고 웃고 나서 한다는 말이

「 업데이트했어. 」

성질

친구와 술을 마시다가 욱하는 성질에 그만 병이 깨져버렸다. 개의치 마라. 병이 성질을 부린 것이다. 병의 성질은 깨지는 거다.

라면 국물

마시거나 버리거나 말거나

개천에서 용이 나려면

봄, 여름, 가을, 겨울, 사계절만 없으면

장맛비

파전에 막걸리
사랑에 실컷 취해보라고
여름 장맛비는 그칠 줄을 모릅니다.

연인이 헤어지는 합당한 이유

이런, 개새끼를 봤나!

법정 증인

사실 당신이 담을 넘어갈 때 내가 도와줄 수는 없었지만, 그 넘어가는 모습을 지켜봤다는 사실만큼 중요한 것이 있겠습니까.

검찰과 언론

나는 이제까지 너에게 마음에서 우러나오는 충고를 한
번도 해준 적이 없다.

너는 나에게 물어본 적이 없었고, 그런 이유에서라면
해주고 싶어도 해줄 말이 없었다.

인어

인간이 물속에서 얼마나 오랜 시간 견딜 수 있는지를 세계 곳곳에서 실험을 거듭하고 있다. 사실 이 실험에 이미 성공한 인어는 인간의 부러움을 사고 있지만, 정작 본인은 스포트라이트를 받기 꺼리는 모양이다. 영화나 동화 속의 판타지로 남아 있겠다는 심보가 아니라면 정체를 드러내라.

공전과 자전

주위에 우글거리는 늑대들이 자신의 주변을 어슬렁거리
는지는 잘 알고 있으면서도, 자신이 어떤 늑대의 주변
을 맴돌고 있는지에 대해서는 꿈에도 모를 것이다.

고등어

목에
칼이 들어와도
눈 하나 꿈쩍 안 해
배 째

고래

까진 애가 두려워 까진 척했다
정작 까려하니 거기까지였다

열쇠

얼어 죽을 혼전순결은 무슨
속궁합부터 맞는지 살펴봐야지

방구석

집안 구석구석 찾았는데
거기 있는 줄 몰랐어

눈깔사탕

딸랑 눈깔 하나로
오래도 해 먹는다

젖

앞뒤 안 가리고 날뛰다가는

나처럼 갇힐지도 몰라

라면

내가 했다고
불지 마라
그랬다간
터질 줄 알아

빨래

넌 할 때마다
빨아줘야 하니

식당에서

꼭

나온다는 믿음이 있기에

난

밥도 굶고 기다린다

풍선간판

우리 동네에서 최고였는데
세월 앞에 장사 없다고
밤마다 놀아나더니
젊은 총각 새로 왔나 보네

코딱지

숨으려면 잘 숨어야지
구멍을 막고 있으니까 들키지 바보야

가위

잘 쓰면

본전

잘못 쓰면

좆됨

하품

찢을 거 같지만
정교하게 딱 거기까지만

신혼

인간의 탈을

쓴

짐승 같은

놈

김밥

하는 족족 말아먹었으니

기다려보자

실패는 성공의 어머니라잖아

지구

아침이 돼서 보니
바다 위에 떠 있던 별들이 사라졌다
누가 먹었을까
배 터지겠네

지구

그깟 과일 하나 따먹었다고
이딴 곳에 가두어 둘 필요는 없잖습니까

타산지석

자연은 그 품 안에 참으로 많은 것을 품고 있다
그 인간은 품 안에 참으로 많은 년을 품고 갔다

본질

싸질러 놓고 거두어들이는 테크니컬 센터

마음

먹었으면 뭐라도 해봐
다 할 것처럼 큰소리치더니
어디 있는 거니
널 보았다는 사람이 없다

충혈

그런 눈으로 보지 마

넌 변했어

언젠가는 이런 날이 올 줄 알았지만

예전의 깨끗하고 순수했던 모습이 그리워

합숙

자 stand by
깔끔하게 한 방에 가는 거다

지구는 돌아

돌아 미쳐버릴 기세로

같은 말

「 하고 싶어? 」라는 너의 질문은
「 하고 싶다. 」라는 너의 의사 표현과 맞먹어.

트러블메이커

요즘 들어 당신과의 사이에 약간의 문제가 있어 보입니다만, 당신만 개의치 않는다면 나는 괜찮습니다. 나는 주로 모든 것과 문제가 생기거든요.

판사

빨간책은 흥분이라도 시킨다. 형편없는 책은 욕이라도 하는데 위대한 작가의 책은 젠장 무슨 말인지 모르겠다. 무슨 말인지 모르게 말하는 재능을 가진 사람은 판사가 어울리는데, 다른 일을 하니까 출판사가 문을 닫는 게다.

개조심

모든 것은 어떤 목적을 위해 만들어지고, 그 모든 것은
필연적으로 가장 좋은 목적을 위해 존재한다고 하는데
인간이란 괴물은 왜 만들어졌을까?

개조심 오리지널 버전.

치킨에게

몸 파는 계집인 양 훌러덩
놀아나는 소리가 된장찌개 끓듯 하고
연지곤지 새 옷 갈아입고
어딜 그리 부리나케 달려 가노

안개

휘젓듯
지랄 같은 드리블로 몰고 와서는
차면 찰수록
묘연해지는 헛발질

YES

아무 말도 하지 않았건만

내 생각에 동의하는 걸 보니 놀랍군

시계

평생 일만 하다
뒈질지도

어둠

낮에 본 것들 싹 다 묻어버려

불법

어떻게 인간의 탈을 쓰고 저런 짓을
저 인간의 탈은 누가 팔았을까?

연애의 정석

많은 남자를 만나본 여자는 그중 지금의 남편을 골랐고
많은 여자를 만나본 남자는 그중 지금의 아내만 남았다

비아그라

호기심이 복숭아뼈까지 올라왔다
골반까지 올라오면 할까보다
골반이 없고 싶다

결혼은 남자만 하는가

「자기야, 오늘 결혼기념일인데 선물 없어?」

내 질(膣)은 어쩔 건데!

나는 당신을 만나 삶의 질이 달라졌소.

장사하며 기분 좋을 때

장사가 잘 될 때
밥 먹을 시간도 없을 때
이런 꿈꿀 때

잘사는 방법

다음 생엔 그렇게 살지 않으면 된다.

애로사항

나오는 건 문제가 없는데 들어가는 게 문제야.
⇨남자친구의 애로사항.

들어올 땐 마음대로 들어왔지만 나갈 때는 마음대로 못
나가. ⇨남편의 애로사항.

구멍가게

여러 구멍가게에서 제일 잘 팔리는 건
뭐니 뭐니 해도 막대사탕이라네

잘 안 돼

습관적으로 사용하는 욕구를 막아서는 증상

화장

화장은 해야 할 때 예쁘고
하지 말아야 할 땐, 넌 누구냐

오해가 풀릴 때

문 안 열어줄 때
이 집이 아닐 때

바보 같은 놈

죽어라 공부해서 필요도 없는 자격증 몇 개쯤은 딴 다음에 얘기하자.

취객

홍등가 모든 것이 계산된 거래
누군가 저 몸 사가서는
대음순과 맞선을 본 후
젖꼭지를 빨고 똥구멍을 흔들어대겠지

앞뒤

너의 입장에서 본들
나의 입장과 다를까

5월 벚나무를 보며

곱디고운 새색시와
신혼방 차린 지 언제인데
벌써 새파란 것과 놀아나다니
솔직히 그 재주 한번 부럽다

무기징역

처음으로
밤잠을 설치게 만든 애
이젠 이 애가
밤에 잠을 안 재운다

배

어른이 되면 결혼이라는 배를 타게 됩니다. 사양하는 이들도 있습니다만 대게는 못이기는 척 올라탑니다. 어떤 이들은 재혼이라는 배로 갈아타기도 합니다. 타지 않을 것처럼 버티는 이들도 있습니다만 대게는 탈 배를 정해놓은 경우가 대부분입니다. 이와는 다르게 적지 않은 이들이 다양한 배에 무임승차하는 경우도 생겨납니다. 세상 무서운 줄 모르고 말입니다. 여기서 많은 사람이 같은 배를 가리키겠지만 제가 말하는 배가 같은 배라고 말하기는 어렵습니다.

발이 저리시다면

몇 해 전 교육부의 한 간부는 국민은 개, 돼지 같아서 먹여만 주면 된다는 망언으로 국민들에게 울분에 찬 비명을 지르게 한 적이 있습니다.

살아오는 동안 책을 한 권도 읽지 않았다며 자랑처럼 떠벌리는 사람이 있습니다.

나는 개, 돼지가 책을 읽는다는 얘기를 들어 본 적이 없습니다.

문제점

갈수록 더욱 복잡해지며 인식 한계점에 이르면 뇌의 변연계는
토끼라고 명령한다. 토끼의 이런 행동은 비언어적 몸짓으로
나타나 눈치채기 어렵다.

소풍

「중학교 때 소풍 가면 김밥 먹고 달걀 먹고 사이다 마시고 뭐 했지?」

「보물찾기, 장기자랑.」

「우리는 선생님도 장기자랑 시켰는데 너희도 그랬니?」

「안 하면 애들이 우~~ 하지.」

「역시 너희들은 중학생다웠구나.」

「그럼 오빠는?」

「서산 학생들은 양반기질이 있어서 선생님이 할 때까지 조용히 기다려줘.」

「그래도 안 하면?」

「할 때까지 기다려. 그러다 한번은 기다리다 그냥 온 적도 있어.」

이벤트

「양쪽이 신호를 주고받아야 통한다는 시장신호이론이 있어. 사랑한다고 백날 맨입으로 이빨 까봐야 효용성은 제로에 가까운 값싼 신호가 있고 비용을 들여 효용성을 높이는 값비싼 신호가 있다는 이론인데, 오늘 값비싼 신호를 보내려고 준비한 게 있어.」

「뭔데?」

「여왕님 오시면 모두 엎드리라고 했거든. 자 봐봐, 서 있는 자동차 한 대도 없지. 평생토록 여왕님 놀이하면서 살게 해줄게. 사랑해!」

「이런 이벤트 받는 사람이 나 말고 또 있을까?」

「없겠지.」

「고마워 오빠, 인제 그만 일어나라고 해.」

「그건 좀 곤란해.」

「왜?」

「이빨 까는 소리로 값싸게 보이고 싶지 않아.」

다이어트

「 몸무게 엄청 늘었어. 」

「 몸무게는 그림자에 불과해. 오빠 품에 있으면 내 살점이고
떨어져 있으면 내 것인데 오빠가 그림자와 살건 아니잖아. 」

「 그래도 날씬하면 좋잖아. 」

「 그동안 충분히 좋았어. 네가 슬프게 한다 해도 울지 않아.
너는 얼마나 슬프겠니. 」

「 맞아, 슬퍼지려고 해. 」

「 둘 다 울고만 있어 봐, 남들이 보면... 」

「 알겠어, 슬퍼도 울지 않을게. 」

「 슬픈데도 울지 않으면 그 또한 인간적이지 못해. 처음부터
슬픈 일을 만들지 말아야지. 」

「 알겠어, 다이어트하고 운동 열심히 할게. 」

「 응원할게. 파이팅. 」

「 고마워 오빠, 내가 즐거우면 오빠도 즐거우니까. 」

몸

몸 둘 바를 몰라
이 험한 세상에 맡겨 놓고
밥은 먹고 다니는지 아픈 데는 없는지
안부 한번 묻지 못했구나.

뭐라도

「땅이라도 파야겠다.」

「땅 파면 뭐가 나와?」

「30년 동안 땅 파서 너 나왔잖아.」

「땅 판 삽이라도 가져와 봐.」

「30년을 팠는데 닳아서 없어졌지 남아있겠니?」

「에이.」

「인간은 삽자루를 찾는 데서부터 불행해지기 시작해. 성경을 공부하는 이유도 하느님의 말씀을 배우고 따르 잔 것이지, 십자가를 박기 위해 땅을 팠던 삽자루를 찾 자고 성경책을 뒤지는 건 아니잖아.」

비키니

너의 허리 위와

너의 허리 아래가

무슨 동맹을 맺은 게 분명해

그렇지 않고서야

둘 다 가릴 필요가 없잖아

아침

초록한 여름 햇살 위로
쏟아지던 장대비가
아침을 말끔히 씻겨
오후를 만나려
분칠을 하고 있다

어제 말하지 그랬어

귓구멍이 얼마나 깊기에
내가 하는 말
언제나 알아들을래?

옛 애인

생각난다고 찾지 마라
그리움 따로 보내오면
따신 밥 한 끼
잘 먹여 보내줄 테니

그거 알아요?

나 어때요?

똑똑하고 아름다워요

당신 그거 알아요?
내가 당신 좋아하는 거

나는 어때요?

함께 있으면 편안해요

그거 알아요?
어저께 이혼한 거

러브홀릭

내가 왜 이러는지
나도 잘 모르겠어

시간 되면 잠깐 나와
좀만 보고 이내 갈게

우리 집 벨을 누를 때는 무슨 일이 일어날 거야

무기력한 금요일 오후 2시
생선가게 진열대 얼음 속에 누워있는
아직 살아있는 생선 같은, 엿 같은 시간

마누라는 무릎 위로 훅하고 올라타
비밀스러운 얘기를 하려는 듯해
다음 달 열흘 동안 인도 여행 계획이 있다는 거야
빌어먹을 하루는 너무 짧다고 쳐
이틀, 그래 아쉽지
사흘 정도면 적당하겠는데 열흘이라니
정신을 어디 옥상 빨랫줄에 걸어두고 온 거야

마누라는 나를 안고 가슴으로 얼굴을 눌러대고 있어
빨리 허락하라는 건데,
숨쉬기가 힘들어지고 점점 무거워지고 있어

마누라는 내 입에 내 이마에 내 뺨에
도장을 찍어대며 엉큼스럽게 말해
한 손으로는 내 젖꼭지를 쓰다듬으며 말이지
자기는 암말도 하지 말고
응, 이라고만 대답하래

마누라의 아름다움을
생선가게 아저씨나 마트 젊은 총각이나
치킨 배달원에게 흘리는 것도 못 견딜 판인데
12억 인도사람에게까지 양보하라는 거야
엉덩이 빵빵한 몸매 끝내주는 마누라를

으으응
결국, 대답하고 말았어

다음번에 우리 집 벨을 누르는 인간들은
미친개를 피하는 방법을 익히고 와야 할 거야

첫사랑

어린 시절 처음으로 밤잠을 설치게 만든 남자애

너 때문에 별밤을 들었고 엽서에 시를 쓰고
빨간 우체통에 편지를 넣었다

그랬던 그 남자애가 아직도

내가 차려준 밥을 먹고 내가 빨래한 셔츠를 입고
나를 데리고 영화관에 간다

잡음

하늘에 별이 떨어지는 소리
땅위에 꽃이 벌어지는 소리
바다에 물이 증발하는 소리
모든 것이

물은 독약도 마다하지 않는다

물로 태어난 것을 탓하지 않는다
소주병에 들어가면 취하지 않을까
정수기에 들어가면 몸이 좋아할까
여기저기 자리를 엿보지 않는다

내려앉을 곳조차 허용하지 않는 자들과
내려앉은 자조차 밀어내려는 자들과
세상의 변두리를 붙잡고 살아가려는 자들을
구별하지 않는다

위에 물은 아랫물을 업신여기지 않고
아랫물은 윗물에 굽신거리지 않는다
공존을 위한 계약이 이루어지고
나름 세상의 필요함을 다한다

어떤 위안

늙는다는 거
아는 거라곤 아는 게 없다는 걸
어느 정도 눈치챈다는 거

늙는다는 거
궁둥이가 무거워지고
멍하니 앉아 있는 게 고되지 않다는 거

때가 되면 하늘이 흘린 꽃송이가 쏟아지고
그 위로 계절이 가고
바람이 찾아 들것은 자연의 이치

늙는다는 거
별일 없이 하루가 지나가고
바위처럼 굳어진 어떤 위안이 지나가는 거

곧

비록 내 마음 가난하여도
달려가는 구름이 날아가는 바람이
곧 많은 것을 가지고 올 듯해

내 꽃

꽃향기 가득한 꽃밭에
내 꽃이 웃는다
그 웃음소리 포집해
주머니에 넣고
나도 따라 웃는다
내 웃음소리
내 꽃도 들었을까

공수래공수거

지갑에 돈을 넣고 주머니에 돈을 세도
발아래 땅, 땅 아래 누울 자리

자리를 탐내고 영화를 바래도
머리 위에 하늘, 하늘 위에 누울 자리

봄이 온다네

이불 밖으로 맨발에 걸쳐지는 이 보드라움은
틀림없는 봄볕

눈앞에 솟았다 떨어졌다 이것은
틀림없는 참새들의 비행

옳거니 아내가 바람나는
봄이 오는 전주곡

겨울나무

겨울이 휘갈기는 바람에 앙상한 팔을 뻗어
아직 죽지 않은 호흡으로 자유를 노래해

생명이 다하는 곳에 바짝 다가가

허리가 꺾인 주검 위에 다리 뻗고 누워
아직 남아 있는 호흡으로 자유를 노래해

die

당신의 주장이 항상 옳은 것은 아닐 텐데
당신 빼고 다 아는 사실인데
하나의 의견도 바꾸지 않는다면
당신 죽은 사람이잖아. 그렇지?

발목을 잘라

오래전 헤어진 사람

먼 시간을
검은 어둠을 밟고 걸어와

네 눈에 눈물을
핥고 지나가는 바람

다시 먼 길을 돌아와
백발의 나를 만나거든

발목을 잘라
당신 곁을 떠나지 않게 해주오

그대 잘 지내고 있나요

산이 좋아 산에 삽니다
속세의 손님이 오지 않으니
속세의 소식 또한 오지 않습니다

나의 벗은 해와 달
산천에 흐드러진 꽃
닭 쫓는 삽살개 두 마리

단칸방도 편안하니
부지런 떨면 조금 더 먹고
게으름피우고 덜 먹으면 됩니다

그러다 추적추적 비가 내리면
그리운 버릇 꺼내어 그대를 기억합니다
잘 지내고 있나요?

미안해

아침밥을 차리는 여자가 있어
머리를 감고 화장을 하고
시간에 쫓기면서도
찌개를 끓이고
남은 밥은 덜어내고
새 밥을 지어 식탁에 올리는
꽃이 피면 꽃구경 가고
꽃이 지면 꽃을 기다리는
욕심 없고 소박한 여자는 드물지
미안해, 좀 더 잘해줬어야 했는데

너는 우냐?

아는 게 많다고 잘난체하는 사람도 있지만
난 아는 게 없어도 부끄럽지 않아
너는 부끄럽냐?
서울대학교에서 공부해본 적은 없지만
서울대학교가 뭘 하는지는 잘 알고 있거든

여자가 남자를 버린다는 것은
여자가 남자를 울릴 수 있는 수많은 것 중에 하나
그래서 난 울지 않아
너는 우냐?
너는 이토록 사랑하는 남자를 잃었거든

난 말이지

아이스링크에서 롤러스케이트를 타든 말든
무한도전에서 박명수가 웃기든 말든
아무 생각 안 하고 가만히 누워있는 게
제일 좋을 때가 있어
난 말이지
에로영화 여주인공을 안아보고도 싶고
발랑 까진 애와 클럽에서 놀아보고도 싶고
어떤 새끼들을 흠씬 두들겨 패주고도 싶은데
딱히 할 방법이 없어
난 말이지
지금은 아무것도 하고 싶지 않아
예쁜 여자 빼고 아무도 전화하지 마

말로만

언제 밥 한번 먹자

언제 밥 한번 먹어야지

언제 밥 한번 먹어야 하는데

너는 왜 대답을 안 해?

얘야, 언제 죽었다

중년

젊은 날은 두고 왔지만 새로 산 중년이 나쁘지 않습니다. 젓가락으로 젖혀놓던 음식이 좋아지고 알록달록 촌스럽다 정의했던 옷들이 눈에 들어옵니다. 그날 번 44만 원을 잃어버려도 허허허 털어내면 그만이고 트로트를 흥얼거리고 지르박에 스텝을 밟아도 어색하지 않습니다. 밋밋한 백숙보다는 토종닭백숙, 한방옻백숙 이름 긴 것을 찾고 내 뜻대로 세상이 따라주지 않아도 마누라의 의리 있는 사랑이 견디게 합니다.

폭풍전야

모든 것이 침묵한다. 저편 언덕배기에 서 있는 검은 소나기 구름이 대지의 절반을 덮었다. 나뭇잎 속에 숨어든 새들의 소리조차 들리지 않는다. 자동차 소리는 벙어리다.

빗줄기가 세차게 얼굴을 때린다. 야단법석 사람들이 뛰기 시작한다. 땅 위에 비린내가 일제히 일어서고 낮게 날아가는 검은 구름이 무섭게 비를 뿌린다.

거리엔 혼자이다. 비에 젖는다. 생각의 여지가 없어지고 다가올 날들이 지나간 날들 위에 질척하다.

혼돈

산 넘고 물 건너
청춘을 바쳐 왔건만
너의 맘은 부재중

어쩌란 말이야
들어갈 수도 없고
되돌아갈 수도 없고

어쩌란 말이야
남은 삶마저 기다리면
오긴 온단 말이야

너와 나

너는 아름다운 여자

가슴에 바다를 숨겨둔 게 분명해
빠지면 헤어 나올 수 없으니
어깨에 날개를 숨겨둔 게 분명해
꿈속에 드나드는 걸 보니
뒤춤에 보석을 숨겨둔 게 분명해
눈이 부셔 바라볼 수 없으니

나는 해바라기 남자

너는 왜 그리도 예쁜 거냐

너를 볼 때마다 나는 참을 수가 없다
숨 쉴 틈도 없이 예쁘다고 말한다
너를 볼 때마다 나는 또 안달이 난다
말할 틈도 없이 네 입술을 훔친다

바보탱이

나는 여기 있는데
마음은 어느새 당신에게로 달려갑니다

뜨는 해를 막지 못하고
지는 해를 막아서지 못하듯이

무작정 달려가는 마음을
나는 말리지 못합니다

당신은 어느 세상에서 오셨길래
멀쩡했던 사람을 바보로 만드시는지요

당신이 쳐다만 보아도
나는 엄마 젖을 빠는 아기가 되어 버립니다

우리는 연애 중

의자를 돌려 사무실 창밖 먼 산을 바라보며 우리가 처음 만났던 때를 생각했습니다. 확실하진 않지만 첫눈에 나에게 반했다고 느꼈습니다. 그래서 평소에 하던 행동도 여간 신경 쓰이지 않았겠습니까. 당신은 별말 없었는데도 나 혼자 쪽대본을 쓰고 있었던 겁니다. 지금 생각해 보면 웃음이 나옵니다. 그렇게 두어 시간이 지나가고 다음에 만날 날을 약속하고 집에 와서는 당신 생각으로 꼬박 하룻밤을 새웠습니다. 우리의 첫 데이트는 영화관 나들이였습니다. 팝콘을 들고 콜라를 들고 쫄랑쫄랑 당신을 뒤따라갔습니다. 당신은 화면에 나오는 배우들을 따라 웃기도 하고 행복한 표정을 보이기도 했습니다. 나는 당신의 그런 표정들을 훔쳐보며 내게도 사랑이 찾아오고 있음을 알아챘습니다. 영화관을 나와 저녁을 먹을까 차를 마실까 고민하다 꽤 근사한 음식점으로 정했습니다. 그곳에서 우리는 말을 놓았습니다. 그런데 이게 웬일입니까. 말을 놓았던 그 후부터 당신만 보면 가슴이 떨리고 머리가 혼미해지는 기이한 현상을 겪어야 했습니다. 심호흡도 해보고 명상도 해보았지만 아무 소용이 없었습니다. 혹시 병이라도 난 게 아닌가 싶어 걱정되기도 했습니다. 한 달이 지나고 두 달, 석 달이 지나갈 무렵 우리는 차 안에서 첫 키스를 했습니다. 세상 모든 것이 소멸해가고 오직 당신 입술만이 지구만큼 커지고 초콜릿처럼 달콤했습니다. 오늘은 퇴근길에 전화해서 커피 한 잔 사달라고 애교 한번 떨겠습니다. 닭살이 돋더라도 꾹 참아주시기 바랍니다.

사랑하는 사람이 생긴 후

거짓말같이 사랑하는 사람이 생겼습니다. 아침에 눈을 뜨면 입가에 미소가 번집니다. 목소리를 가다듬고 전화해볼까 전화기를 집었다 다시 내려놓습니다. 칫솔에 치약을 묻히고 가지런하게 자라난 하얀 이를 문지르는 동안에도 미소가 사라지지 않습니다. 거울 속에 비친 모습이 참으로 따뜻하고 행복해 보입니다. 출근길에 보이는 모든 것에 그 사람의 의미를 부여하고 평소 맘에 들지 않던 사람에게도 웬만하면 짜증 내지 않고 넘어갑니다. 어렵게만 대하던 일들이 척척 풀리고 친구들과 커피라도 마실 때면 내 맘을 알아챈 감미로운 음악이 틀림없이 들립니다. 그 사람이 부르면 당장에라도 달려갈 태세입니다. 사랑하는 사람이 생긴 후 나에게 일어나는 경이로운 천 가지 사건 중 일부입니다.

짝사랑

머뭇거리다 말하지 못하고
눈치만 보다 건네지 못하고
사랑하는데 너는 모르게 하는 일
네 마음 뒤에서 울먹이는 일
모르겠다 이런 내가 너무 어렵다

뻔한 얘기

오빠?
응

나 얼마큼 사랑해?
하늘만큼 땅만큼

에이 고작?

넌 오빨 얼마큼 사랑해?
몰라!

아옹다옹
지는 건 내 몫

인연

풀꽃향기 번지던 15살 단발머리 그때부터

만나고
헤어지고
다시 만나고
다투고
울다가
화해하고
웃다가
어느새
이렇게 늙어버렸소

당신과 함께한 세월 전부가 내겐 사랑이었소

뭘 해도 예쁘기만 하고만

뱃살이 나오면 어때서 고것 참 귀엽기만 하고만

나잇살 먹으면 어때서 여전히 곱기만 하고만

주름살이 늘면 어때서 여전히 아름답기만 하고만

뭘 해도 예쁘기만 하고만, 널 사랑하는 내가 있고만

무제

이깟 바람에 흔들리는 갈대는 자존심이 남아있기나 한 건지.
도로에 나뒹구는 깡통은 얼마나 더 굴러다닐지. 계절에조차
부끄러워 얼굴 붉히려 뛰어가는 단풍은, 당신에게만은 소용
없는지.

시골집엔

어머니 혼자 삽니다. 도시에서 함께 살자 해도 고집을 피웁니다. 이제 나도 함께 살자는 말을 하지 않습니다. 어스름해가 넘어가면 어머니는 대충 밥 한 술 뜨고는 본방 재방 밤늦도록 드라마를 봅니다. 불가사의하게도 정말 드라마만 봅니다. 그러다 깜박 잠이 들고 얼마 후 불을 끄고 다시 잠을 잡니다. 불을 끄면 낡은 집의 초라함은 어둠이 됩니다. 새집부터 40년을 넘게 지켜온 늙은 어머니의 쓸쓸함도 어둠이 됩니다. 오늘따라 도시에서 살아가는 새끼들 생각에 어머니 눈에 눈물이 흘러내립니다.

생각 바꾸기

매일 오고 가는 길. 눈 감고도 갈 수 있다 하는 길. 너무나 익숙한 길을 오늘은 마치 처음 가는 길인 양 낯선 척을 한다. 이정표로 통했던 조그만 다리 아래에서 개울물을 뛰어가는 소금쟁이를 관찰하고 개천 옆으로 피어난 노란 꽃무리를 흔들고 가는 바람의 향기를 맡는다. 내 마음이 어제 마음과 다르듯이 같은 길인데 생각을 바꾸어 걷다 보니 다른 길이고 여행길이다. 이번 주말엔 배낭 메고 동네 뒷산에 여행 가야지.

거짓말

좋은 사람 만나 잘 살아라

말은 그렇게 했다만 거짓말이다

나쁜 사람 만나 후회하며 살아라

말은 이렇게 한다만 이 또한 거짓말이다

널 어쩌면 좋으니 허구한 날 내 몸이 느끼는 널

후회

세상에 나와
내가 가장 잘한 것은
너를 만나 사랑한 일이다

세상에 나와
내가 가장 잘못한 것은
너의 마음을 다치게 한 일이다

모를 일이다
사랑한 죄밖에 없는데

세상에 나와
내가 가장 후회하는 것은
너를 붙잡지 못한 일이다

그런 날이 오면

사랑하는 그대여
꽃처럼 예쁘고 별처럼 빛나는
고운 모습 그대로 살아가라

기다려도 오지 않을 사람
그만 놓아버리고
남아있는 세월에 떠나가거라

변하지 않을 내 마음이라면
그대 있는 곳
세상 어디라도 멀지 않으니

그런 날이 오면
내 가슴 다 헐어낸 자리
긴 이야기 써서 그대 찾아가리라

공허한 다짐

눈 감는다고

말하지도 않겠다고

아무 소리 듣지 않겠다고

아무리 선전포고한들

끝없이 되풀이할

공허한 다짐

잊으면

그만이라고 하지만

사실 그게 안 되니 하는 말

십 리도 못 가서 발병 나오

그대 떠난다 해도 아무렇지 않네
떠나 봤자 그대 마음은 여기 있네
갈 테면 가오
너무 늦게 오면 혼날 줄 아오

봄

꽃 떨어지고 훌쩍 봄이 간다
날 떼어놓고 봄 따라 너도 간다
잘 가라
꽃 피고 성큼 봄이 오면
봄 따라 내게 너도 와라

비애

울지 마라
널 쳐다볼 수가 없다

울지 마라
마지막 가는 너의 얼굴 봐야 하지 않겠나

너를 보내고
나는 어떻게 사나

그래 울어라
차라리
네 눈물에 잠겨 죽으련다

뻔히 알면서도

너라고

너의 하루가

나의 하루와 크게 다를까마는

결정적인 차이가 있다면

나의 하루 속에는

아직도 네가 우선이라는 것과

그 뻔한

너의 하루 속에서는

내가 점점 사라져간다는 거야

결과를 뻔히 알면서도

내려놓지 못하는

내가 힘들기도 하지만

너에게서 잊혀가는

내가 못 견디게 힘든 이유야

인생은 한낱 꿈이로구나

어쩐지!!

관(棺)

그 험난한 가시밭길을 걸어 여기까지 왔는데,

다들 어디 있는 거요?

나 먼저 가오.

미처 챙기지 못한 그리움은 당신이 거둬주시오.